借我啦！
哼哼，
尼尼才不要！

圖 原愛美　文 Keropons　譯 米雅

尼ㄋㄧˊ尼ㄋㄧˊ好ㄏㄠˇ喜ㄒㄧˇ歡ㄏㄨㄢ在ㄗㄞˋ沙ㄕㄚ坑ㄎㄥ玩ㄨㄢˊ。

這個借我！

不行！氣呼呼的尼尼嘟著嘴，哼哼哼！

不行！ 我不要！
氣呼呼的尼尼嘟著嘴，
哼哼、 哼哼、 哼哼哼！

拜ㄅㄞˋ託ㄊㄨㄛ，

借我嘛！

不ㄅㄨˋ行ㄒㄧㄥˊ！ 我ㄨㄛˇ不ㄅㄨˋ要ㄧㄠˋ！
貝ㄅㄟˋ咧ㄌㄧㄝˋ貝ㄅㄟˋ咧ㄌㄧㄝˋ貝ㄅㄟˋ—！
氣ㄑㄧˋ呼ㄏㄨ呼ㄏㄨ的ㄉㄜ˙尼ㄋㄧˊ尼ㄋㄧˊ又ㄧㄡˋ吐ㄊㄨˇ舌ㄕㄜˊ頭ㄊㄡˊ又ㄧㄡˋ嘟ㄉㄨ嘴ㄗㄨㄟˇ，
哼ㄏㄥ哼ㄏㄥ、 哼ㄏㄥ哼ㄏㄥ、 哼ㄏㄥ哼ㄏㄥ哼ㄏㄥ！

算了，不借就不借。

小桃子拿鏟子，

攪一攪，拌一拌，

繞呀繞呀繞圈圈。

A

煮好了——！

尼ㄋㄧˊ尼ㄋㄧˊ也ㄧㄝˇ想ㄒㄧㄤˇ要ㄧㄠˋ
繞ㄖㄠˋ呀ㄧㄚ 繞ㄖㄠˋ呀ㄧㄚ
繞ㄖㄠˋ圈ㄑㄩㄢ圈ㄑㄩㄢ。

攪ㄐㄧㄠˇ一ˊ攪ㄐㄧㄠˇ、 拌ㄅㄢˋ一ˊ拌ㄅㄢˋ，
繞ㄖㄠˋ呀ㄧㄚ繞ㄖㄠˋ呀ㄧㄚ繞ㄖㄠˋ圈ㄑㄩㄢ……

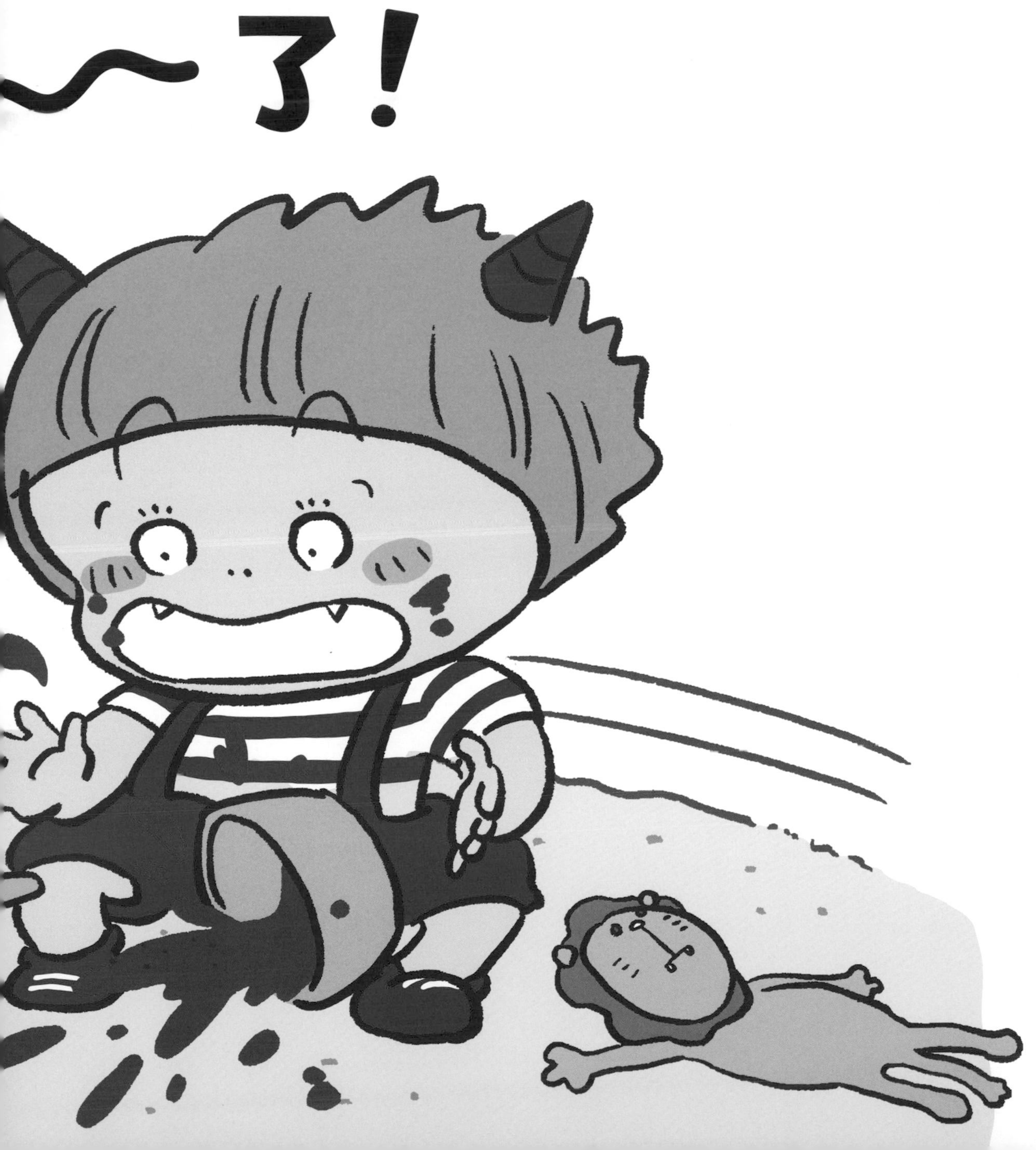
〜ろ！

哇——！
這是小桃子的啦——！

哇——！．

尼ㄋㄧˊ尼ㄋㄧˊ也ㄧㄝˇ想ㄒㄧㄤˇ玩ㄨㄢˊ玩ㄨㄢˊ看ㄎㄢˋ嘛ㄇㄚ——！

要這樣繞
才對唷。

這樣啊？

攪一攪、拌一拌，
繞呀繞呀繞圈圈。

煮ㄓㄨˇ好ㄏㄠˇ了ㄌㄜ —！

哇ㄨㄚ，看ㄎㄢˋ起ㄑㄧˇ來ㄌㄞˊ好ㄏㄠˇ好ㄏㄠˇ吃ㄔ！

借我！

尼ㄋㄧˊ尼ㄋㄧˊ攪ㄐㄧㄠˇ來ㄌㄞˊ攪ㄐㄧㄠˇ去ㄑㄩˋ，　繞ㄖㄠˋ圈ㄑㄩㄢ圈ㄑㄩㄢ；

小ㄒㄧㄠˇ桃ㄊㄠˊ子ㄗ抱ㄅㄠˋ來ㄌㄞˊ抱ㄅㄠˋ去ㄑㄩˋ，　抱ㄅㄠˋ緊ㄐㄧㄣˇ緊ㄐㄧㄣˇ。

繪本 0358

借我啦！哼哼，尼尼才不要！

圖｜原愛美　文｜Keropons　譯｜米雅

責任編輯｜張佑旭　美術設計｜蕭華　行銷企劃｜張家綺

天下雜誌群創辦人｜殷允芃　董事長兼執行長｜何琦瑜

媒體暨產品事業群

總經理｜游玉雪　副總經理｜林彥傑

總編輯｜林欣靜　行銷總監｜林育菁

副總監｜蔡忠琦　版權主任｜何晨瑋、黃微真

出版者｜親子天下股份有限公司　地址｜台北市 104 建國北路一段 96 號 4 樓

電話｜（02）2509-2800　傳真｜（02）2509-2462　網址｜www.parenting.com.tw

讀者服務專線｜（02）2662-0332　週一～週五：09:00～17:30

傳真｜（02）2662-6048　客服信箱｜parenting@service.cw.com.tw

法律顧問｜台英國際商務法律事務所・羅明通律師

製版印刷｜中原造像股份有限公司

總經銷｜大和圖書有限公司　電話｜（02）8990-2588

出版日期｜2024 年 5 月第一版第一次印行

定價｜300 元　書號｜BKKP0358P　ISBN｜978-626-305-787-6（精裝）

訂購服務 ------------------------------

親子天下 Shopping｜shopping.parenting.com.tw

海外・大量訂購｜parenting@cw.com.tw

書香花園｜台北市建國北路二段 6 巷 11 號　電話｜(02)2506-1635

劃撥帳號｜50331356 親子天下股份有限公司

圖　原愛美

插畫家、藝術總監。
從人物設計至廣告界，創作跨足多領域。
以自家孩子兩歲時的模樣當參考，設計出寫實、惹人憐愛的小尼尼形象。

文　Keropons

增田裕子（Kero）和平田明子（Pon）所組成的音樂團體。為孩子量身訂作合適
的歌詞、歌曲，並為之編舞。除了親子演唱會之外，也在幼教人員相關講座中進
行演出。此外，亦發表繪本作品。

翻譯　米雅

插畫家、日文童書譯者，畢業於政大東語系日文組，大阪教育大學教育學碩士。
代表作有：《比利 FUN 學巴士成長套書》（三民）、《小鱷魚家族：多多和神奇泡
泡糖》（小熊）等。更多訊息都在「米雅散步道」FB 專頁及部落格。

國家圖書館出版品預行編目 (CIP) 資料

借我啦！哼哼，尼尼才不要！ / 原愛美圖；Keropons文；米雅譯.
-- 第一版. -- 臺北市：親子天下股份有限公司, 2024.05
40面 ;20*19公分. -- (繪本 ; 358)
國語注音
ISBN 978-626-305-787-6(精裝)
1.SHTB: 社會互動--0-3歲幼兒讀物

861.599　　　　　　　　　　　　　　　113003737

立即購買 >